AF371192

LA BOYSSIERE

DE IEAN DE

BOYSSIERES DE LA VILLE DE MONTFERRAND

en Auuergne.

AV PREVX ALEXANDRE
Henry iij. Roy de France & de Pologne.

A LYON,

POVR LOYS CLOQVEMIN.

1579.

Auec priuilege du Roy.

DISCOVRS.

A RRESTE vn péu ton vol, o volage
　　Saturne,
Ne m'enferre si tost soubs la tom-
　　be Nocturne:
Et n'aille (par pitié) mon poil d'or
　　grisonnant.
Mais helas! auec qui me va-ie arraisonnant?
Ie parle auecq' vn sourd, i'esclaire a vn aueugle,
Qui d'inhumanitez, & de nos morts s'afeuble:
Qui me fauche, tandis que ie le vay priant,
Et qui ne fait estat, de ma voix s'escriant:
Sa carriere il n'arreste, ains comme ma parole
Volle prompte dans l'air, inexorable il vole:
Il ne me donne rien, non pas tant seulement
L'espace d'vn clin d'œil, courant incessamment:
Sans fauoriser plus, ny laisser moings, a poindre,
Le Roy le plus puissant, que le serf le plus moindre.
Aussi n'est il bardé, ny n'eust iamais de frain,
Ne diminue en rien, ni n'agrandit son train,
Ie ne daignerois donq le prier dauantage:
Mais ie veux maintenant, me randre en equipage
Sous l'enseigne de Mars, & laisser le guidon,
Et les combas si doux, de l'archer Cupidon,
Chágeát de Dieu guerrier, de guerres, & batailles,
Ráuersant par le fer, les plus fortes murailles, (trer
Au lieu, que d'vn trait doux ie ne soullois qu'ou-

Les cœurs, qu'a son deuant il pouuoit rencontrer:
Et gaigner d'amitié, par allarme amoureuse,
La fleur d'vne beauté, a mes vœux rigoureuse.
Donne moy donq congé, bel enfant de Venus,
Ie ne veus plus aller combatre, à membres nus,
Dás le champt d'vn lict mol, ie suis las de la luitte,
Où la ieunesse blonde est doucement conduitte:
Il me faut aller suyure vn plus rude estandard,
Le morion en teste, au poing serré le dard:
Combattre en autre champt, & faire voir encore
Cesar rouge animé, contre Vercingentore:
L'vn monstrer, le pouuoir de son glaiue pointu,
Et l'autre la grandeur de sa viue vertu.
Il y a bien deux ans, qu'en mon ieune courage,
l'arrestay a secret de faire vn tel voyage:
Mais depuis, en esprit considerant le faix
Dont ie serois chargé, si ie brisois ma paix,
Et le repos si doux, qui bien-heuroit ma vie,
Fidellement seruant les beautez de SILVIE
SILVIE le seul bien de mon bien, & le mal
De mon mal, qui m'estoit par les Astres fatal:
l'ay craint de m'embarquer, sur l'eschine de l'onde,
Et sur les flos beslus d'vne Mer si profonde
Comme trop perilleuse: or' sachant de combien
Mon front s'enrichira de louange, & de bien,
Et mon nom de lauriers, si (chery de fortune)
ie passe sans perir, les rochers de Neptune:
(Vuidát mô cœur de crainte, & l'emplissant hardy
D'vn courage indompté: auant que le midy
De mon iour soit sonné) labourant, ie commance
D'affranchir mon Païs, du fleuue d'oubliance:
Soleil de son honneur, qui d'vn luisant rayon

L'esse

L'esleueray superbe en Arbre, de Syon:
Puis du bout d'vn pinceau, ie graueray par force
Ces vers, qui se liront, sur l'infalible escorce
Dont il sera vestu: pour dire à l'aduenir.

CHACVN, DE SIECLE, EN SIECLE, AVRA LE
   SOVVENIR
  DES FAITS DES AVVERGNAS, ET PROVES-
   SES GVERRIERES,
  QVI VIVENT, ET VIVRONT, DANS LES VERS,
   DE BOYSSIERES:
  DE BOYSSIERES L'HONNEVR D'AVVERGNE,
   QVI RELVIT
  COMME VN ASTRE' FLAMBEAV, AV MILIEV
   DE LA NVICT.
  ET LVISANT CLAIREMENT, SON AVVERGNE
   IL FAIT LVIRE,
  POVR A L'ETERNITE', L'VN L'AVTRE SE CON
   DVIRE:
  NOVVEAVX DIEVX MIS AV CIEL, LVY TI-
   RANT A LA PART
  OV EST ASSIS HOMERE, ET VIRGILE, ET
   RONSARD:
  ET SON VERCINGENTORE, AVX BATAILLES
   HABILLE,
  ASSIS PRES DE FRANCVS, ET D'ENEE, ET
   D'ACHILLE.

Muse c'est donq assez retenti, le haut boys,
  Ie m'en vay remparer, dans l'espesseur d'vn bois
  De riuages herbeux, & d'autres solitaires,
  Qui sonneront ces vers, comme leurs secretaires:
  Ie veux grossir ma ioué, enfler de vent mon sein
  Et roidir tous mes nerfs, pour retentir l'airain,

Inſtrument Martial, qui met le cœur au ventre
Encourage, enhardit, le ſoldat, quā n il entre
Au combat, où aſſaut, le rebelle emmuré,
Qui contre ſon ſeigneur (ſans cauſe) a murmuré.
Ie veux donq entonner hautement la trompette,
Faiſant tonner le Ciel de la voix qu'elle iette,
Retentir les foreſts, murmurer les vallons,
Et les eaux grommeller: ſus donq ma Muſe allons,
Allons nous en cacher, affin qu'on ne l'entende,
Et que ſur le coüard ſon reſon ne s'eſtende,
Pour ne l'eſpouuanter: Allons nous en cacher
Dans vn autre mouſſeux, eſtomach d'vn rocher:
Ou dans l'obſcur d'vn bois, affin qu'on ne rediſe,
Que les vers doucereux remplis de mignardiſe,
Et non ceux qui ſanglants, & d'vn ſubiet nerueux,
Au plus braue, & hardi, heriſſent les cheueux,
Eſgarent la memoire, & la force luy emblent:
Voyant comme les tours, & les murailles tramblét:
Comment l'on s'entretue, & comment au parquer,
Et a l'aproche, il faut (hardis s'entrechoquer:
Et comment, pour breſcher, le canō lance-foudre
Met tout ce qu'il rencōtre, en pieces, & en poudre:
Comme pour ſe deffendre, on eſt ſur le rampart:
Comme en vn rié l'on void, faucer de part, en part,
D'vn mouſquet, le guerrier, auecque ſon armure:
Cōme on entend les coups, le bruit, & le murmure:
Cōme on void taindre a coup le fer rouge, de blāc,
Perçant vn vantre, où bien entrāt de flanc, en flāc,
Et comme (ſans merci) l'vn l'autre, ſe détaille,
De reuers, de fendant, & d'eſtoc, & de taille
Coupant ore vne iambe, abatant ore vn bras:
Voir combatre Roland, Rodomont, Fierabras:
Creuſer

Creufer vne tranchee, arranger barricades,
Platteformer, miner, donner efcoupetades:
Voir tóber l'vn, fur l'autre, auecques leurs hoyaux,
Les pionniers meurtris, & trainer leurs boyaux
Sur le bord du foffé, du fang des meurtres, rouges:
Voir l'vn, tourner le dos, l'autre qui ne fe bouge:
Et bref, tout ce que font en guerre, les foldats,
Quant ils voyent au vent branler les eftandars.
Ie fens ores dans moy vn defir qui me pique,
De branler dextrement le couftelas, la pique,
Tirer l'efpee nue, & fuant, & poudreux,
Affaillir le cofté où le canon fumeux
Bruiant aura battu, & en forçant la breche,
Pouffer dans le foyer de l'arquebus, la meche
Pour enflammer le foufre, & faire defgorger
Du ventre de mon fer, vn plomb vollant-leger
Dans le lieu plus vital, de l'ennemie entraille,
Qui viendra fouftenir l'affaut, & la bataille.
Vien moy donques armer Apolon fi tu veux,
Et me fauorifer, ie fuis de tes neueux:
Ie fuis de ces errans, qui par la Terre eftrange
Vont femant leur honneur, en cerchant la louáge:
Qui voyage en Parnaffe, & ennemy des biens,
Vay en pelerinage, aux temples qui font tiens,
Pour t'offrir mon offrande, & te faire priere,
De garder pour mon Nom, vn rays de ta lumiere:
De me prefter ton Arc, tes flefches, ton Carquois,
Et me faire immortel, pour me feruir d'Arnois.
Ie n'euz finé le mot, qu'Apolon, m'enuironne
Le chef d'vn beau Soleil, qui a l'entour rayonne:
Et me mit fó carquois, de traits poignás tout plain,
Au cofté droit pandant, & fon Arc en la main.
Phœbus

Phœbus (luy diſ-ie adonq) rien plus ie ne demande,
De toy maiſtre, ſinon, que ta grandeur commande
A celuy, qui s'en va eſprouuer la vertu
Des habits, dont tu l'as ſi rarement veſtu.

AVX AVVERGNAS.

Ie me ſuis uenu randre
    Au champ, où uiendra toſt,
Si le uoulés attandre.
    En armes, un grand oſt,

IEAN DE BOYSSIERES.

IN OPERA POETI-
CA I. BOYSSERII CAR-
MEN ELEGIACVM.

ILias haud Vatem reuocauit docta Latinum,
  Quò minus Aeneæ diceret arma Ducis.
Carmina Ronfardi fic, alteriufúe Poëtæ,
  BOYSSERII Mufam non cohibere queunt.
Quid? Si Pierides caput illi frondibus ornant,
  Sique cohors Vatum Gallica docta fauet:
Si dat verficulos, flores Tymbræus Apollo,
  Prodire in lucem cur timuiffet opus?
PRIMVM igitur teneros iuuenis proludit amores,
  Et Veneris flammas pagina multa fonat.
HERCVLIS hinc Galli virtutes, arma, triumphos
  Intonat, vt quondam fecit & ipfe Maro.
AT patriæ vindex nunc prima ab origine pandit
  Hiftoriam, Aruernis gloria magna fuis.
Magna quidem, fateor, fed tali maior alumno,
  Nomina qui patria carmine clara facit.
Nec mirus huic debet tellus Aruernia Vati,
  Quàm debet magno Mantua Virgilio.
Candidus impertit Mufarum munera nobis,
  Delicias Galli promit & eloquij.
Dùmque homines Galli Gallo fermone loquentur,
  BOYSSERII Gallis nomina clara manent.

Mich. Bleyn Lugdunæus Symphor.
BB

AD LAVDEM I. DE BOYSS.

PER IACOBVM MONDOT
Aniciensem.

Qvis te deorum carmine vel lyra
Cantare, & alto ad nubila tramite
Iactare possit? qui tenes iam
Lymbiferas super astra sedes?
Quis quæso Olympum respiciens Iouem,
Non cernit alto sydere laurea
Ornare frontem? almóque flore
Nectere mellifluam coronam?
Non paruo honoris te sequitur gradu
Pallas, refundit dum violas manu,
Et Caucasi sacræ sorores
Te eximium referunt Poëtam:
Foelix o celsa qui veheris ratà
Fortunæ, & amplo carmine lauream
Qui carpis, & docto beatus
Efficeris resonante plectro.
Pergas licebit pectine quandiu
Versus tonare & promere cantica
Vatum o decus: nam sic polorum
Aetherea potieris aura.

LA

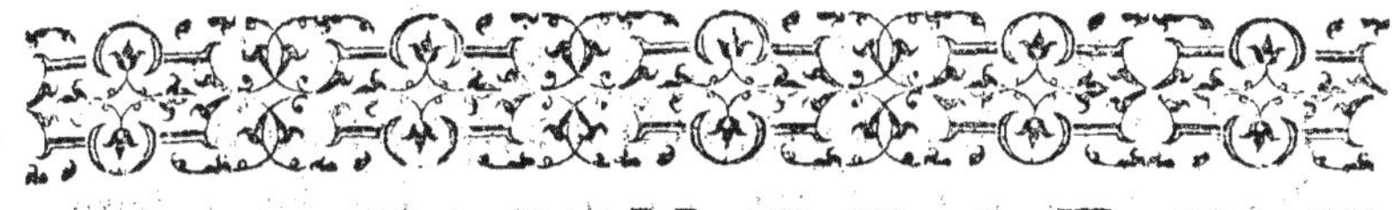

LA BOYSSIERE
DE IEAN DE BOYSSIERES
DE MONTFERRRAND EN
Auuergne.

Courſe premiere.

Ovcievx maintenant, des honneurs
   de ma terre,
Deliuré de l'amour, ie châte icy la guerre
De celuy qu'elle porte, & d'ou premiere-
  ment
Il a pris origine, & ſon commancement.
C'eſt ores que ie romps a ſon los la barriere,
  Et les portes du iour, pour luy donner carriere,
  Par tout où le Soleil, d'ordinaires trauaux
  Reluit, eſclaire, & fait galoper ſes cheuaux.
Donques Muſe, l'ardeur de mon ieune courage,
  Royne de mes penſers, guide de mon voyage,
  D'vn airain haut-ſonnant, eſueille mes eſpris,
  Et toy, bel Oeil du Monde, apreuue mes eſcris.
Voyant ce long trauail, Nation Auuergnate,
  Ne te monſtre a mon Nom, meſdiſammát ingrate,
  Et ſi tu prends en gré, ſi peu que i'ay tracé,
  En Cources, ie ſuiuray, ce que i'ay commancé:
  Souz le ſuport d'vn Roy, d'vn Roy, né de la Cédre
  Et qui porte le nom, du Monarque Alexandre.
L'Auuergne, qu'ore on void habondant, & fertil,
  En bled, en vin, en fruits, eſtoit du tout ſteril,
  Deſert, inhabité, & ſes terres bletieres,

Deſcrition
d'Auuer-
gne auant
qu'il fut
habité.

BB　2

Che uelues d'espis, estoyent lors forestiers,
Et couuertes de bois, si espaix, qu'Apolon
Ne leur pouuoit seruir de iournallier brandon:
Et la buyssonnerie, y estoit si espesse,
Et les arbres si drus, que la chaste Deesse
Qui commande aux forests, en vain eusse de nuit
Essayé d'y chasser, & d'y prandre deduit:
Rien n'y estoit ouuert, sinon quelques passages,
Par où alloyent, venoiét, maintes bestes sauuages,
Hostesses de ces lieux: les verdoyans costaux
Ores sources de vin, estoient sources de Faux:
Les Vergnes y croissoient: & rien qu'Arbisserie,
Et qu'herbage sans fruit, ny pouuoit prandre vie.
Les Tigres, les Lyons, les Leopars, les Ours,
Legers, fiers, Carnaciers, & aux prieres sourds,
Par les móts, bois, rochers, & les Autres sauuages,
Couroient, grinçoyent, mangeoient, & faisoyent
  leurs mesnages:
Tout y estoit desert, iamais humanité,
Ny Genre de raison, ny auoit habité,
Ny n'auoit le pouuoir presque, d'auoir entree
En ce païs sauuage, & deserte contree
Munie d'Animaux, où c'est que le plus fort,
Desmébroit le plus foible, & luy donnoit la Mort,
Pour s'en nourrir apres: & les Griffons a voltes
Volloyent aux enuirós, & de leurs ongles fortes,
Rauissoyent ores beste, & ores vn humain,
Et venus en leur grotte, en apaisoyent leur fain.
Les maisons de ces lieux, & leur architecture,
S'estoient faites par temps, du sçauoir de Nature:
Ces sauuages logis, n'auoyent point la façon,
Que subtillement donne, vn outil de Maçon:

Mais

Mais si la demeurance estoit si estrangere,
Ceux, qui dedans passoyent leur vie bocagere,
N'estoyent moings estrágers, les Serpés y sisloient
Et les vents tempesteux, en tout temps y sousloiét,
Les Dragós iette-feux, par fois mettoiét en flame
L'herbage le plus verd, & des arbres la Rame:
Il y infectoyent l'air, & par l'air s'acostoyent
Des Grifons emplumez, & là se combatoyent.
De nuit, tous animaux, se faisoyent si grand guerre,
Et menoyent si grád bruit: que le bruit du tónerre
Du grand Altitonant, ne se fut entendu :
Puis de iour en eust veu, cestui-cy tout fandu:
L'autre tout despecé, l'autre de pieds, de teste,
(Non encore estoufé) exerçoit sa tempeste:
Et les lieux & endroits, ou estoyent leurs Sabats,
(De carnages couuerts) tesmoignoyét leurs cóbas.
Voila comment l'Auuergne estoit inhabitable,
Païs steril, perdu, desert, espouuantable,
Et les seuls habitans, qui dedans habitoyent,
Et les petits oyseaux, qui dedans y chantoyent:
De Vergnes tout peuplé, par ce le nom il porte
D'Auuergne: car ainsi, que Rome (iadis forte)
Print le Nom de Romulle, ainsi ce lieu desert,
Des Arbres print le nom, d'ont il estoit couuert.
Entre ces Animaux, Sirene, homme sauuage,
(Qui viuoit des Sangliers, d'ont il faisoit carnage)
Regnoit en ces desers, par fois allant monté
Sur vn monstre leger, lequel auoit esté
Aueq vne Licorne, engendré par son Pere:
De sorte que le frere, estoit cheual du frere,
Frere aumoins d'vn costé: car Sirene, au deçeu
Par la Sœur de son Pere auec luy fut conçeu:

*Auuergne
nommé du
nom de ses
Arbres.*

*Sirene hó-
me sauua-
ge.*

Le Mõftre eftoit moitié Licorne, & moitié hõme.
Et par ce dans mes vers Licorme ie le nomme:
Ces freres paternels eftoyent tous deux vellus,
Et tenans de l'eftoc, carnaciers, & goulus:
Mais bien qu'ils fuffent, plains de toute barbarie,
L'humanité, en eux n'eftoit du tout tarie:
Car Sirene, iamais (d'euft-il mourir de fain)
Ne vouloit fe nourrir de rien, qui fut humain:
Ainfi qu'il monftra voir, à la dolente prife
Qu'il fit, du beau Ferrás, & de la ieune Amphrife,
Nobles & Orphelins: le Iouuanceau Ferrans,
N'auoit encores huit, ny Amphrife fix ans,
Nourris enfemblemét, bien qu'entre leur lignage,
Il n'y euffe aucun nœud, ny aucun parantage:
Les terres feulement de ces deux Orphelins,
Et les Chafteaux, eftoyent prochaines, & voifins.

Rauiffemẽt de Ferrans, & d'Amphrife: par Sirene.

Sirene les furprit, monté fur fon Licorme,   (Ormé,
Ou la Sône entre au Rofne, au deffouz d'vn grand
Et des arbres feillus, ou ils laiffoyent paffer
La chaleur du midi, qui les faifoit laffer.
Leur compagnie eftoit allee au bois, en chaffe,
Et les auoyent laiffez en garde, en cefte place,
A deux hommes des leurs, qui ne peurent iamais
Attaindre l'Animal, pour luy ofter fon faix,
Tant roide eftoit fa cource, & la leur, au contraire
Lente: fi que voyans qu'ils n'y pouuoiét rien faire,
Voulurent retourner au lieu, où le voleur
Auoit pris & rauy, leur Dame, & leur Seigneur
Mais (profonds dans les bois) le dás ils s'efgarerét,
Si defmefurement, qu'en vain ils effayerent
D'en fortir, car tant plus ils couroyent & alloyent,
D'vn & d'autre cofté, plus ils fe reculoyent

                                        D'ou

D'ou ils eſtoyent partis:tandis la ieune proye
De Sirene,eſtonnee,& tramblante larmoye,
Pour ſe voir ſeparer(ſans eſpoir de ſecours)
De leurs parens aymez,en leurs plus tédres iours,
Eſtrangement conduis:mais ſi de leur lumiere,
Fil a fil s'eſcouloit vne humide riuiere,
Leur voix adolleſſant,& plaintiue a l'oüyr,
Monſtroit qu'ils ne pouuoyent alors ſe reſiouir:
Si que le beau Ferrans de ſa plainte argentine,
Qui ſortoit (par ſanglos)de ſa ieune poitrine,
Et de ſes doux regrets,qu'il ſemoit par le vent,
Alloit de ſa pitié,le Sauuage eſmouuant:
Et les fiers Animaux,par les Foreſts deſertes,
Tenoyent pour l'eſcouter,les oreilles ouuertes.
Qu'euſſe donq fait l'humain?puis que tout Animal,
De ces ieunes Enfans,participoit au mal?
Helas diſoit Ferrans(Zephirant de ſa bouche)
Eſtois-ie d'eſtiné,pour c'eſt homme farouche?
Deuois-ie eſtre emporté par ces lieux eſgaré,
Et en age ſi bas,las!des miens ſeparé?
Si ie n'auois eſpoir de la mort,qui m'eſt ſeure,
Ie m'atriſterois tant,que ie mourrois a l'heure,
Sans viure d'auantage:helas!pour mon eſpoir,
Il ne faut ia laiſſer de me plaindre,& douloir,
Ie le puis iuſtement,puis que ie vois captiue
La beauté,ſans laquelle il ne peut que ie viue,
Comme ma vie meſme:helas!pauure chetif!
Ce ne me ſeroit rien de me voir le captif,
De celluy qui me tient,ſi encor d'auantage
Ie ne voyois Amphriſe,en vn pareil naufrage!
Amphriſe qui augmáte,& accroiſt plus mó dueil?
Que s'il me failloit ore entrer en vn cercueil:

Donques

Cõplaintē
de Ferrans.

Donque helas!faudra-il, qu'vne beauté si rare,
Serue(ô friand morceau!d'apast a ce Barbare?
Ie ne l'asseure pas cest homme bocager
La deffandra pluſtoſt de tout autre danger:
Il n'aura pas le cœur(bien que tout il deuoit)
De deuorer ce corps,fut il cruel encore
Quatre fois plus qu'il n'eſt:ne ſcachant cruauté,
Qui ne deuinſſe humaine,au pres de ſa beauté.
Mais dequoy viurez vous,Amphriſe ma ſeulle Ame!
En ces quartiers deſers,que ferez vous Madame?
Quand vous ne verrez plus, ce que vous ſouliez
De ma part,ie viuray de l'amoureux pouuoir,(voir
Ie verray de vos yeux,& rien plus que l'enuie
De vous ſeruir,loyal,ne me donnera vie,
Et ma vie,prenant de la voſtre confort,
Si toſt que vous mourrez,ie ſeray auſſi mort.
„ Ainſi que l'Arbre meurt,quãd la racine eſt morte!
Qui eſt tout,ce qui plus maintenant me conforte!
Encor'ſi vous auiez tant de confort que moy,
Ie n'aurois ſi me ſemble en l'Ame,tant d'eſmoy.
Mais las!eſtant ainſi dans des terres deſertes,
De deſertes foreſts,ſauuagement couuertes:
Et d'Animaux diuers,le païs habité,
Il ne peut que n'ayez voſtre eſprit,agité
De peurs,& de frayeurs, qui dans voſtre poitrine,
Flotent plus fierement que la vague marine
Maiſtriſee des vents meſme eſtant au pouuoir
D'vn homme ſi ſauuage & ſi horrible a voir
En Age ſi dœilloit & ſi plain de moleſſe
Qu'il ne luy failloit rien qu'vne delicateſſe
Et qu'vne mignardiſe au lieu que ſans merci
Vous ſerez ſans pitié mangee & moy auſſi.

Il ne

Il ne faut pas douter, que ceſte voix dolente,
　A cauſe des ſanglos, ne fuſſe foible & lente,
　Comme ieune, & ſortant d'vne bouche d'enfant,
　Duquel vn dur regret eſtoit lors triomphant.
Qui l'euſt oüye a clair dans les boys reſpanduë,
　Et redite d'Eco, l'amoureuſe eſperduë,
　Il euſt dit, que le ſon d'vne cloche ſonnant,
　Lors que les vents eſmeus, a l'entour vont donnár,
　Euſt reſſemblé d'accent, à la ieune armonie:
　Qui s'entendoit par fois, ores deça finie,
　Et puis ores de là, puis d'vn autre coſté,
　Le ſon des mots, eſtoit par l'orage emporté,
　Si toſt qu'entre les bras du ſauuage farouche,
　Ferrás, pour ſe complaindre, auoit ouuert la bou-
　　che,
　Et profere les mots: tels furent ſes regrets,
　Qui ne peurent iamais, ſe dire ſi ſecrets,
　Que l'aduenir, n'en aye a iamais la lecture:
　Toutesfois s'il y a faute a la pourtraiture,
„Conſiderez qu'vn peintre, auecque tout ſon art,
„Ne ſcauroit peindre au vif, ſans auoir le regard
„De ce qu'il veut pourtraire: ou ſi au vif, il montre
„Le viſage non veu, c'eſt d'haſard & rencontre,
„Ou du raport de ceux qui ont cogneu l'abſent:
　Ainſi n'ayant ouy, ny moings eſté preſant,
　Aux regrets de Ferrans, ie les ay de ma plume
　Repreſantez, ainſi que mon ſens les preſume,
　Et comme le raport, d'vn ancien eſcrit
　Les à comme il a peu, dités a mon eſprit:
　Qui encore m'a dit, en ſa langue eſtrangere:
　Que Sirene paſſoit ſa vie bocagere,
　Et faiſoit ſa demeure, au creux d'vn petit puy,

Demeure de Sirene, dans vn pe tit Puy, à deux lieus de la riue re d'Allier où il posa Ferràs, & Amphrise.

A deux lieuës loing d'Allier, demeurant auec luy
Sa Mere, qui estoit la Seur, de son feu Pere
Vellue comme luy, & Licorne son frere,
Qui le portoit ainsi: or' dedans ce puy là,
Creusé par le milieu, Sirene s'en alla
Descharger de son faix, & y poser sa prise.
Mais Muse laissons là, & Ferrans, & Amphrise,
Pour tourner a leurs gens, qui de la chasse espris,
Auoyét la plus perdu, qu'alors ils n'auoyent pris:
Car s'ils s'estoyent chargez a leur chasse, de proye:
En chassant, ils auoyent aussi chassé, leur ioye:
Comme ils sceurent (mais tard) alors que de leurs
      yeux,

Regrets & lamant a- tiõs des Da mes d'Am- phrise.

Ils virent exercer, de pitoyables ieux
Aux Dames sans confort, a l'endroit demeurees,
Du rauissement fait, tristement explorees,
Qui n'ayans le pouuoir, leur iniure vanger,
Se mirent a la face, & aux yeux, s'outrager,
Deschirant leurs cheueux: côme si de leurs tresses,
Fusse venu leur mal, sorties leurs destresses.
L'vne, dessus la main, la teste s'apuyant,
Alloyent ses yeux mouillez, veinement ressuyant,
Non encores espuisez, & l'armoyants leur perte,
D'humides pleurs estoit leur veuë recouuerte,
Faits deux ruisseaux, ainsi qu'en pouuoit tesmoi-
      gner,
L'herbe qui s'en sentoit, les racines baigner.
L'autre, d'autre costé, pensant son deuil abatre,
Par ses deux propres mains, elle se faisoit batre:
Agitee de rage, & l'autre souspirant,
Sembloit, au regarder qu'elle alloit expirant,
Et terminoit sa vie, affin de morte, suiure

Ce

Ce que tant ſeulement la pouuoit faire viure:
Qu'elle penſoit enclos, pour Tombeau ſolemnel,
Dans le ventre inhumain, du ſauuage cruel.
Mais Flore, gouuernante, & ſa fille Floriſe
Que la douleur poſſede, & l'angoiſſe maiſtriſe:
Faiſoyent voir par effet, de combien ce meſchef,
Et ce ſort deſaſtré, leur eſtoit dur & grief,
Et contraire a leur vueil: meſmes la triſte Mere,
Qui plaine de ſanglos, d'vne voix laſſa mere,
Aſſailloit la Fortune, & diſoit en pleurant.
Que ne te bande tu contre ce demeurant?
„ Qui reſte miſerable! ô Fortune peruerſe!
„ Qui le bon heur des grands, & des petits, renuerſe!
„ Qui le triſte faits rire, & le ioyeux pleurer!
„ Qui ne laiſſes conſtant, ce monde demeurer!
„ Qui marques au deçeu, ô traiſtreſſe ennemie,
„ De craye de venin, le bout de noſtre vie!
Que ne viens-tu cruelle, inhumaine, & ſans yeux
Tout ce reſte acabler, or' priué de ſon mieux?
Non baigner, aſſaillir, & donner peine extreme,
De pleurs, de cris, de coups, herbe, Ciel, à no
    meſme,
Et le tout vainement: car l'œil, la voix, la main,
Larmoye, ſe complaint, & bat encore en vain,
Si par toy, qui ſeule as moyenné noſtre perte,
Noſtre felicité, auſſi n'eſt recouuerte:
Mais faits a ton plaiſir, laiſſe nous tourmanter,
Bouſche l'entendement, pour ne nous eſcouter:
Tu ne feras pourtant, que de moy la meurtriere,
Ie ne ſois bien autát que toy (pour le moings) fiere!
Monſtrant, que tu ne doibs les cœurs eſuertués,
Des femmes aſſaillir, puis que femme tu és:

Plainte de
Flore, gou-
uernāte des
Dames.

CC   2

Aueugle, fans efgard, & fans raifon, cruelle,
Inconftante, volage, & fuperbe femelle!
Qui n'as refpect a rien: comme elle prononça,
Et dit ce mot dernier, fa parolle ceffa,
Pafmee de trifteffe, & d'angoiffe ternie,
Qui r'enforça les cris, de cefte compagnie,
Mefmes ceux de Florife, a laquelle foudain
(Pour trop fe forcener) le vent fallit au fain,
Reftant ainfi qu'vn Corps, habandonné de l'Ame!
Echo qui tous ces cris, & ces plaintes reclame,
Auec les mefmes tons, les difoit dans les boys,
Aux chaffeurs: qui l'oyans parler à plufieurs voix,
Arreftez ententifs, fes redites efcoutent,
Et du fait aduenu, ou d'vn autre, fe doubtent:
Commancent leur retour, & au port des cheuaux,
Sçeurent, ô malheureux! leur doubte n'eftre faux:
Ils euffent bien voulu, que la voix meffagere,
Se fut trouuee a lors non vraye, ains menfongere:
Mais elle ne le peut: encore les Venus,
Ne peuuent affeurer les malheurs aduenus:
Et de ce cas nouueau, fi fort ils s'efmerueillent,
Qu'il ne leur eft qu'vn fonge, & péfent qu'ils fom-
   meillent:
Toutesfois ayant là, quelque peu demeuré,
Sont contraints a regret, le tenir affeuré.
Chacun de grand courrouz, fent fon Ame allumee,
Oyant l'vne crier, voyant l'autre pafmee,
L'autre tordre fes mains, & l'autre a retripler,
Ce que les yeux humains ne pouuoyét contépler.
Or apres que la chofe a eux fut aueree,
La chofe auant certaine, & or' inefperee
De plus la recouurer, ny de la voir iamais:
                         S'effaye

S'essayerent premier,de mettre tout en paix,
Gemissemens,regrets,larmes,plaintes,orages,
Et de faire fleurir leurs debilles courages,
Leurs vies ranimer,& du cœur leur oster
Ce que tant les faisoit pleurer,& lamanter.
Mais en ce ils ressembloyent,a celluy qui s'irrite
Contre le flot marin,qui sourd plus fort l'agite:
Ou bien au iardinier,qui oste seullement,
L'herbe,& non la racine,augmentant doublemét
Plus haute,& plus espesse:où a cil qui s'essaye,
Du ferrement meurtier,consolider la playe,
Où qui d'vn petit d'eau,veut estaindre vn grand
    feu.
Car cuidans,d'apaiser leurs plaintes peu a peu,
Et leur donner confort,c'estoit lors que les nues,
Sentoyent plus fort venir leurs plaintes cótinues,
Et qu'on pouuoit ouïr l'enuiron retentir,
Du bruit qui forçoit lair,de dueil se my·partir,
Le Soleil retirer sa clairté radieuse,
Et le Ciel de pleurer:car l'humeur pluuieuse
Decoula lors en bas,affin d'accompaigner
Se sembloit leurs pleurs mesme,& aueq eux,bai-
    gner
La terre ia humide,& mouillee des larmes
Qui sourçoit des rochers de leurs fortes allarmes,
Qui les contraint d'estendre,& faire pauillons,
Tant pour se garantir des venteux tourbillons,
L'vn contre l'autre esmeus:que passer la nuitee,
Qui s'estoit corps a corps,contre le iour luitee,
Et l'auoit fait cacher:mais helas!si le iour,
Ne leur auoit donné,vne heure de seiour:
La nuit(bien qu'elle soit des maux l'enchâteresse)

Ne leur fut qu'vn renfort de pleurs, & de tristesse.
Le iour en s'en allant, leur auroit bien osté
    La chaleur du Soleil, & des yeux la clairté:
    Mais non, le dur regret qui au sain leur sanglote,
    Et qui diuersement, iusqu'a perir, les flotte.
O! Somne! qu'as tu fait de tes enchantemens?
    Que tu n'aille enchâter, ces douloureux tourmés?
    Desrobe la memoire, a toute ceste bande :
    Et derobant leur sens, que ton sommeil les rande
    Deliures du souci, qui les ronge: & tandis
    Qu'ils seront iouyssans, de ton doux Paradis,
    Ie conteray l'Enfer, de ceux qui s'esgarerent,
    Et que les vois dans eux, mal gré eux, arresterent
    Lesquels n'auoyent cesse de suiure vagabonds,
    Ores les grands deserts, ores les bois profonds,
    Ores les monts hautains, & les roches sauuages,
    Sans trouuer ny maisons, ny chasteaux, ny vilages:
    Ny rien d'humanité: sinon que d'vne part,
    Ils virent a grands pas venir, vn Leopart,
    Qui a le voir, sembloit que la proye venué,
    Sans faire autre marché, fut pour sienne tenué:
    Mais les deux, resolus, d'eux deffendre de mal,
    Se banderent (hardis) contre cest Animal.
L'animal furieux, contre l'vn d'eux s'eslance,
    L'assaly se destourne, & n'eust aucune offence:
    Mais la beste passant la frapa viuement
    D'vn estoc au costé: l'autre soudainement
    Seconda le coup mesme, & la beste percee
    De ces deux coups mortels, morte, fut renuersee:
    Auec vn si haut cry, promptement redoublé,
    Que tout fut esbranlé, plus que s'il eust tramblé.
Les deux victorieux, esbaïs de la beste,

Ne

Ne furent eschapez de la prime tempeste,
Que la seconde, vient assalir leur vaisseau,
Et leur figure aux yeux, vn n'aufrage nouueau:
Mais bien qu'ils soyét ainsi cheuz, de Cile, en Ca-
    ribde:
Leur cœur n'est d'vn seul point, plus lasche, ny ti-
    mide,
Ains a-creu de moitié, faisant autant de cas,
De la vie en ces lieux, qu'ils faisoyent du trépas:
Et desiroyent, autant de mourir que de viure,
Puis qu'ils estoyét côtraints, vne pire mort suiure,
Comme gens esgarez, & priuez de sens: ioint,
Qu'ils n'esperoyét merci, d'ou elle n'estoyét point.
„ On dit quand le guerrier, ou le scauant, rencontre
„ L'aspre necessité, leur vertu ne se monstre,
„ Et ne peut esclairer, comme estant le tombeau,
„ Qui couure obscurement les rays de son flâbeau:
„ Et que l'esprit aisé, & le corps a son aise,
„ Que le souci esloigne, & la richesse baise,
„ La monstre, & la fait luire en soy plus clairement,
„ Par l'aide de richesse: & ie dis autrement,
„ Et que iamais le Marc, sa liqueur il ne coule,
„ Si (tant comme il se peut) le pressoir ne le foule:
„ Ne le vaillant guerrier, ne se peut bien monstrer,
„ Si la necessité ne le vient r'encontrer:
„ Ny le scauant aussi, l'ardeur de sa science,
„ S'il n'est forcé d'honneur, ou bien de l'indigence.
Ces deux, se voyans estre en vn tel desespoir,
    Monstroyent plus de vertu, qu'ils n'en pensoyent
      Auoir
„ Comme le fort Mulet, qui ne sçait sa puissance,
„ Sinon lors qu'il en fait (chargé) l'experiance:

                „ Et

„ Et qu'en mauuais chemin, il se trouue empestré,
„ Dans lequel au deçeu, de nuit il est entré.
Donq attandans la mort, ils attendent en place,
    Vn Tigre, qui venoit de furieuse audace,
    Legerement courant, plus qu'vn trait eslancé,
    De la corde, & de l'arc, legerement poussé.
Mais pandant ces combas, enrre d'hommes, & bestes
    L'aube auoit fait cacher les Estoilles Celestes,
    La nuit estoit coulee, & le iour paroissant
    Alloit de plus en plus, tout le Ciel blanchissant:
    Et la troupe restee, au lien de leur disgrace.
    (Inuitee du iour) auoit changé de place,
    S'estoit mise en chemin, pour tirer au hasard:
    Et ia (sans y penser) arriuoit a la part,
    Où les tue-Animaux, attendent le rencontre.
    (Resolus de mourir) du Tigre qui se montre,
    Et qui legerement volle, tant comme il peut,
    Vers les deux attandans, que deuorer il veut:
    Mais cest assez couru, ie voy là cette source,
    Qui m'apelle au repos, iusques a l'autre cource.

Fin de la premiere Cource.